当代诗人自选诗

晚安

人邻 著

《星星》历届年度诗歌奖获奖者书系

梁　平　龚学敏　主编

四川文艺出版社

星星与诗歌的荣光

梁 平

　　《星星》作为新中国第一本诗刊，1957年1月1日创刊以来，时年即将进入一个花甲。在近60年的岁月里，《星星》见证了新中国新诗的发展和当代中国诗人的成长，以璀璨的光芒照耀了汉语诗歌崎岖而漫长的征程。

　　历史不会重演，但也不该忘记。就在创刊号出来之后，一首爱情诗《吻》招来非议，报纸上将这首诗定论为曾经在国统区流行的"桃花美人窝"的下流货色。过了几天，批判升级，矛头直指《星星》上刊发的流沙河的散文诗《草木篇》，火药味越来越浓。终于，随着反右运动的开展，《草木篇》受到大批判的浪潮从四川涌向了全国。在这场声势浩大的反右运动中，《星星》诗刊编辑部全军覆没，4个编辑——白航、石天河、白峡、流沙河全被划为右派，并且株连到四川文联、四川大学和成都、自贡、峨眉等地的一大批作家和诗人。1960年11月，《星星》被迫停刊。

　　1979年9月，当初蒙冤受难的《星星》诗刊和4名编辑全部改正。同年10月，《星星》复刊。臧克家先生为此专门写了《重现星光》一诗表达他的祝贺与祝福。在复刊词中，几乎所有的读者都记住了这几句话："天上有三颗星星，一颗是青春，一颗是爱情，一颗就是诗歌。"这朴素的表达里，依然深深地彰显着《星星》人在历经磨难后始终坚守的那一份诗歌的初心与情怀，那是一种永恒的温暖。

时间进入20世纪80年代，那是汉语新诗最为辉煌的时期。《星星》诗刊是这段诗歌辉煌史的推动者、缔造者和见证者。1986年12月，在成都举办为期7天的"星星诗歌节"，评选出10位"我最喜欢的中青年诗人"，北岛、顾城、舒婷等人当选。狂热的观众把会场的门窗都挤破了，许多未能挤进会场的观众，仍然站在外面的寒风中倾听。观众簇拥着，推搡着，向诗人们"围追堵截"，索取签名。有一次舒婷就被围堵得离不开会场，最后由警察开道，才得以顺利突围。毫不夸张地说，那时候优秀诗人们所受到的热捧程度丝毫不亚于今天的任何当红明星。据当年的亲历者叶延滨介绍，在那次诗歌节上叶文福最受欢迎，文工团出身的他一出场就模仿马雅可夫斯基的戏剧化动作，甩掉大衣，举起话筒，以极富煽动性的话语进行演讲和朗诵，赢得阵阵欢呼。热情的观众在后来把他堵住了，弄得他一身的眼泪、口红和鼻涕……那是一段风起云涌的诗歌岁月，《星星》也因为这段特别的历史而增添别样的荣光。

成都市布后街2号、成都市红星路二段85号，这两个地址已经默记在中国诗人的心底。直到现在,依然有无数怀揣诗歌梦想的年轻人来到《星星》诗刊编辑部,朝圣他们心中的精神殿堂。很多时候,整个编辑部的上午时光,都会被来访的读者和作者所占据。曾担任《星星》副主编的陈犀先生在弥留之际只留下一句话:"告诉写诗的朋友,我再也不能给他们写信了!"另一位默默无闻的《星星》诗刊编辑曾参明,尚未年老,就被尊称为"曾婆婆",这其中的寓意不言自明。她热忱地接待访客,慷慨地帮助作者,细致地为读者回信,详细地归纳所有来稿者的档案,以一位编辑的职业操守和良知,仿佛春风化雨,润物无声地温暖着每一个《星星》的读者和作者。

进入21世纪以后,《星星》诗刊与都江堰、杜甫草堂、武侯祠一道被提名为成都的文化标志。2002年8月,《星星》推出下半月刊,着力于推介青年诗人和网络诗歌。2007年1月,《星星》下半月刊改为诗歌理论刊,成为全国首家诗歌理论期刊。2013年,《星星》又推出了下旬刊散文诗刊。由此,《星星》诗刊集诗歌原创、诗歌理论、散文诗于一体,相互补充,相得益彰,成为全国种类最齐全、类型最丰富的诗歌舰队。2003年、2005年,《星星》诗刊蝉联第二届、第三届由中宣部、国家新闻出版总署、国家科技部颁发的国家期刊奖。陕西一位读者在给《星星》编辑部的一封信中写道:"直到现在,无论你走到任何一个城市,只要一提起《星星》,你都可以找到自己的朋友。"

2007年始,《星星》诗刊开设了年度诗歌奖,这是令中国诗坛瞩目、中国诗人期待的一个奖项。2007年，获奖诗人：叶文福、卢卫平、郁颜。2008年，获奖诗人：韩作荣、林雪、荣荣。2009年，获奖诗人：路也、人邻、易翔。2010年，获奖诗人、诗评家：大解、张清华、聂权。2011年，获奖诗人、诗评家：阳飏、罗振亚、谢小青。2012年，获奖诗人、诗评家：朵渔、霍俊明、余幼幼。2013年，获奖诗人、诗评家：华万里、陈超、徐钺。2014年，获奖诗人、诗评家：王小妮、张德明、戴潍娜。2015年，获奖诗人：臧棣、程川、周庆荣。这些名字中有诗坛宿将，有诗歌评论家，也有一批年轻的80后、90后诗人，他们都无愧是中国诗坛的佼佼者。

感谢四川文艺出版社在诗集、诗歌评论集出版极其困难的环境下，策划陆续将每年获奖诗人、诗歌评论家作品，作为"《星星》历届年度诗歌奖获奖作者书系"整体结集出版，这对于中国诗坛无疑是一件功德无量的举措。这套书系即将付梓，我也离开了《星星》主编的岗位，但是长相厮守15年，初心不改，离不开诗歌。我期待这套书系受到广大读者的青睐，也期待《星星》与成都文理学院共同打造的这个品牌传承薪火，让诗歌的星星之火，在祖国大地上燎原。

2016年6月14日于成都

目录

卷一

卷二

卷一

时 光

也许，时光就是用来虚度的。

读各样的书，字体娟秀或劲健的书信，
看山水蜿蜒之间，也有些时光，
一盏清茶，听帘外黄叶悠然落。
顺着时光慢慢回味，
一生就那么过去了。

佛说，苦海无边；
虽然佛没有说，时光就是摆渡。

2008年

腊　月

腊月雪花儿飘，

丝丝儿风，丝丝儿寒气。

人们睡得沉沉的时候，

大雪悄悄落了下来。

满是雪。满是。满是。

贴了红字的院子，

推开那门——大雪早下浓了墙根下

成堆的绿的萝卜、白的白菜。

2009年

正月十五雪打灯

疾疾的雪，打着

满街的红灯笼，

染了雪的红灯笼。

夜，就要安歇下来了，

可雪依旧是疾疾的，急切切的。

两个踏雪观灯的人，慢慢走，

说着什么，

一会儿，就白了头。

呀！真的是，一会儿就白了头

——似乎一生，就那么温暖暖地过去了。

2013年

草原之夜

夜，又美又宁静。

身边的那个女人，又美又宁静。

星斗满天，我在草原上舍不得睡去，

甚至舍不得遮上薄薄的窗帘。

夜真的又美又宁静。

似乎谁醒着，草原就是谁的。

我甚至舍不得叫醒那个

静静地睡在我身边的年轻女人。

2007年

正午拍摄的

灼热中颤抖，熔化
——逆着一根针，看正午迷幻的亮。

不能再动！
炽烈的针尖逆着阳光
已经刺入了整个
因为炫亮而近乎谵妄的正午。

2008年

结冰的小河边

河边石头，结着薄冰。

水声

呜咽咽、呜咽咽的。

散落着的石头——之间——也是。

低低的浓雾里，这些青灰色的石头

奇怪地冻在一起，

声音脆薄、脆薄地冻在一起，

亦如某一种仿若如此的透明的情绪。

2008年

大 河

大河，从河中流过。
我们看不透，无法辨析。
它的流速，它的深、阔，非关情感，
也非关美学，什么大河上下？

大河，只是河水从河床流过，
仅此而已。仅此而已的大河
从河里麻木、无知地匆匆流过，
仅此而已罢了。

2008年

傍晚的味道

傍晚无事，蜷在暮色里，没想什么。
——忽然，忽然，一丝风
吹过——

一边小桌上的桃子的味道，
它们隐隐约约的
暮色里难以细说的"甜"和"自然"。
好像我这整个傍晚
就是在等着那一丝风，忽然吹过来。

2007年

读常玉先生油画《马》 ①

先生，尘去。

可这匹马，留了下来，

一如某些时间的切片。

这匹安详的在海边草地上的马，

书法里"马"字一样的马，似乎还在咀嚼，

稍一亲近，有着盐的咸涩气息的

马的唇齿间

是猛然散开的清冽的草的气息。

2007年

① 常玉（1900—1966），是中国的莫迪里阿尼式的人物，生前潦倒而死后荣光。常玉在书法上用力颇多，并影响到他的油画风格。对国人来说，徐悲鸿、林风眠尽人皆知，对常玉的名字却所知甚少。而今，西方已经公认他为世界级的绘画大师。

盛 夏

盛夏

阳光

有毒——铮亮的金属的毒。

烈焰一样的空气里，

阳光

透明的金属一样，

炫目的金和蓝，弥漫的

——幻觉一样的……金属高耸的灼热街角。

2009年

阳光明媚

这儿

生气十足的哗哗阳光，神喜欢。

一切阳光下的，神都喜欢。

甚至是那些自由的马，其中的一匹

胯间"哗哗"的撒尿声。

以至于草地上的爱，阳光下的爱，

都不必遮拦，神都喜欢。

只是，神说：阳光刺眼。

神的意思是说，是叫偶尔路过的人，

那一会儿，都稍稍幸福地闭一下眼睛。

闭一下眼睛，神也是喜欢的。

2009年

欲雨时分

燕子如针，

阴湿的空气里，穿过偶尔透出的光亮。

低空里，滑过、翘起的是燕子的黑色翅膀，

是凌乱、低低尖叫。

偃旗息鼓的古老宫殿，

沉甸甸檐角

已然很钝了。

天欲雨，愈来愈湿了……

恍然间，什么交错、飞离，

犹如漫天都是羽毛。

时间，乱了，一刹那；

一刹那，也那么……宁静。

2009年

九行：致友人^①

午后，透过窗外，看云，看人，
忽然想起
想起一个人，悄然的离去，
多美，多干净。

这会儿，正是深秋，凉凉的。
凉凉的深秋，没有一丝多余的味儿。
叫人感慨的那个人，多美，多干净，
甚至连一片枯叶的味儿，也没留下。

2011年

---

① 某年，遇多年不见友人。又某年，此人忽然消失，再无音信。

臭橘寺①

寺外，有橘，
寺内，有橘？

他嗅不到，他
只是觉得
橘林里一定有橘子腐败、风干了的味儿，
僧人的味儿，
木鱼敲响风干了的橘子的味儿，
万物归一的味儿。

他暗想，窃笑，不说：
那是无用的橘，和更加无用的僧人。

更加无用的僧人，
他在想，这一句话，无用，可是真好。

2012年

---

① 森鸥外小说《雁》有臭橘寺，因寺名浮想写之。

016

牧谿的《六柿图》 ①

水墨那味儿，

笃实的几只，

还有淡墨，近乎无墨，皮薄而汁肉饱满的

两只柿子，

是颇可以佐酒，亦可佐茶的。

玄妙的是

隶书味儿的叶柄。

那干硬的焦墨一样的叶柄，

是更有味儿的。

无色，无款，

这也才是——僧人即柿子，

柿子也即僧人呀。

僧人，本无色。

霜降了，涩涩的味儿，薄薄染上了，

也是僧人的味儿。

淡，可是不孤寂。

僧人，本无孤寂。

2012年

---

① 牧谿，宋末元初禅僧。元吴太素《松斋梅谱》记载："僧法常，蜀人，号牧谿。喜画龙虎、猿鹤、禽鸟、山水、树石、人物，不曾设色。多用蔗渣草结，又皆随笔点墨而成，意思简当，不费妆缀。"《六柿图》现存日本大德寺龙光院。

高原正午

高原绚烂，空气——闪烁的金箔一样，
白马、黑马，偶尔出现，如梦幻的片段；

鹰，在方圆百里之上——静谧巡行，
人啊，只能叹息着，以神意无言赞美。

2010年

太阳落下

我爱慕的是，太阳落山，大地安眠，
是那么"大"的安然的歇息；

是四野静谧、河流蜿蜒，
树木悠然而立；

是屋舍连绵，温暖地伏下；
是炊烟袅袅，牲畜，晚归的人；

是和爱慕的女人相依，衣衫洁净，
听琴，读书，低语，铺暖甜蜜眠床……

2010年

暮色里的镜子

镜子
把万物悄然移向了
暮色深处。

深的暮色里，镜子
移动。暮色不能移动。
我最后瞥见的是
镜子斜映着的残颓水银里，
古老橱柜那绵延、暧昧的枣木雕花间
偶尔闪现的温暖神秘炉火。

2006年

武　士

瞬息穿击的冷铁，
涩硬，滑腻，没有痛感，
唯在锋刃拔出的一瞬
有着快意的喷涌。

那一瞬，先前也不过一盏温酒那样，
黏热是后来的，模糊而疲惫已极，
身下的草泥那么亲近可爱，
云朵低低翻转，湿润地抚在了脸上。
近于昏睡的无力中，想起了什么，
有一种奇异的就要耗尽、抽空了一样的
微微痛苦的满足。

2013年

东北一家人

这是乡下，东北的一家人。

厚厚的雪，围裹着院子，

屋子低矮，土墙很厚，

炊烟黏豆包一样，冒着好闻的热气。

茶水沏得滚烫，炕桌上

炒好的大豆，喷香。

小小的木头盒子里，

塞满了金黄黄的烟叶，

裁得整整齐齐的卷烟的旧报纸。

这一家人，猪狗牛、鸡鸭鹅都有。

有这些，才像一个家。

那个女人烫了酒上来，

顺着我的目光朝向窗外，

说着俺家的时候，

她是连同那些生灵一起，都算在里面的。

2013年

笔架山农家院，大雪中的清晨

空气冷冽、清新，谦卑地透着丰收。

院墙下整垛的白菜，

一层层包裹着绿叶的白菜，

每一棵都那么气定神闲。

这沉甸甸的白菜，

根须上粘满了美好泥土的它们

如此的气定神闲，

实在配得上这个初冬，

配得上这一场厚厚的大雪。

2013年

冬天的草甸

晌午，还看不见，
可我知道大江就在那边，
结了将近六尺厚的冰。
马车相向驶过，嘈杂，而后宁静。

这边是草甸，
用力踩下去，雪白色的水冒出来。
苔藓偶然见到，深紫色和棕黄，虫的蜕壳，
生或者死，不露声色。

草甸边上，散落的树，约略三种。
我看到半个月前的雪，
那陈旧的力量——来自多少年前的寒冷，
缓慢地涨过了褐色的树根。

2006年

旅途：骑马的记忆

小道上，满是马的味儿——
马的汗味儿，马的鼻息喷出的青草发酵味儿。

马蹄"嗒嗒、嗒嗒"，
也"嗒嗒"了她的低头一嗔。
这让我想起昨夜，她的汗湿的身子
软软温温的，也有如马的
有点儿放肆不羁的那么好闻的味儿。

——缠绵也粗鲁的时分，那些爱、呓语，
也有如这
笨拙挪动的蟾蜍，疼痛的碎石，
逆光里的迸发的蜂拥蚂蚱，
有如日落之后倦怠餍足的野地，
总也不够的玫瑰般的贪婪。

2014年

落　叶

有人经过的时候，

叶子落了下来。

似乎有什么动静，叶子也会落下几片。

什么也不想，

什么也想不起来的时候，

也会落下。

落叶寂静，

落几片，落几片，又落了几片。

也有的时候，轻轻晃晃，

要落，又终于没有落下来。

2014年

远处枪声不断

远处　枪声不断

这边寂静的草地上

安详的羊只

静默于倏忽来去的一丝丝风里

三三两两的羊只

一会儿挤在一起

连成一片

一会儿一只　一只　离去

远处　枪声不断

也许是因为饥饿的狼

可这边草地上　要生出青草

还要等到来年

1994年旧稿，2014年修订

小　镇

小路两边墙壁厚厚的土屋

深陷的窗子小小的

灯光给夜行人的温暖

就像这些暗黄色的厚厚土墙

电线杆的身影在地上

要到那堵高大的土墙

才剪纸似的

披着黑衣立起来

凄凉地插入夜空的

是参差不齐的屋檐

一排排裹着树皮的椽子

我知道那树皮的褐色有多深

1997年草，2015年改

窝 头

因为这个词，
忽然想起母亲说的
我那么小的时候，
睡觉也紧紧搂着的
半个窝头。

那有着母亲的手指头印儿，
捂了被窝味儿的
母亲的窝头，
饥饿的半个窝头……

2009年

火　炉

清晨，满屋冰冷。

我们知道炉子没有封好。

粗糙食物的热量也快要耗尽。

屋里传来母亲咳嗽的声音、棉鞋的声音。

我们缩在被窝里，

等母亲劈柴，带着泥土气息的劈柴

噼啪的燃烧声音。

柴的温暖……炭火的温暖。

已经没有那样的炉子了。

没有母亲夜晚放进炉子的灰门，

清晨就会烤熟的土豆，焦黄诱人的馒头。

还有屋里放着的尿盆，

夜里温温的尿味儿。

真的，我知道，

幸福一定是稍稍带着一点儿贫穷的。

2010年

有火炉的日子

有火炉的日子是幸福的。

大雪纷飞的时候,

尤其是幸福的。

我记得母亲在冬天的火炉旁,

烙着油汪汪的葱花饼;

三姨在锅台边,成半天地

熬一大锅牛骨头汤。

贫穷的日子,她们也一脸幸福。

有火炉的日子是幸福的。

一切都可以是滚热的:

玉米粥,热气腾腾的馒头,

烤得松软,散发着泥土香气的土豆。

幸福的馒头,粥,土豆,咸菜,如此简单。

如此幸福的一天。

我也由此知道,幸福

是可以如此简单的。

2010年

擦桌子

男人，比如说擦桌子，

只是把桌子——桌面——擦一擦。

而女人是不同的，

男人没有擦到的地方，

桌子腿、档子、桌子的四边，

女人都要擦得干干净净。

桌子似乎是这个家的脸，女人的脸，

男人和孩子的脸。

擦干净了，她还会幸福地看上一眼。

这是她的家啊，她和那个男人，

还有孩子们的家。

擦干净了，她还会端一杯清水，

在桌子旁边坐下，

在空空的桌子一边，不知为什么，

愣了一会儿神。

2008年

三五牌木钟

木钟，在母亲的

捷克式橱柜上，

"沙啦啦——当"的一声，又一声。

——那时我穿着蓝布衣裳、黑布鞋，

还是不谙世事的少年。

我熟悉那钟壳，松脂味浓郁的七合板，

后背打开，是金属发条，齿轮，游丝，

小巧的钟锤。

现在它——永远停在8：45，

那是哪一个傍晚？

那个傍晚一定有绵绵雨水？

——我忽然嗅到了遥远的，松木和金属的

还有母亲在昏暗厨房里

洗刷碗筷的潮湿的气息。

2006年

青苔之下

我知道青苔，会沿着时间

覆没了我们。

你的骨骼娇小，洁白，

神秘，骄傲，馨香若有若无。

我的骨骼，稍稍粗大。

我知道青苔会覆没了你和我，

我和你之间

最紧密的缝隙，

就像时间——

时间没有缝隙。

可我不在乎，我们不在乎。

我似乎看见了

我们的两截白骨，青苔之下

紧紧地、轻轻地挨着……

2008年

嫣红的傍晚

天色转暗，行人匆匆踏着残雪。
雕花旖旎的窗子里，有人手指柔婉，
青花酒壶里是温热了的老酒，
粉彩碟子里有姜味浓郁的熏鱼。

那个女人，晚妆懒散。
那个正在临窗赏雪的人，
数盏后微醺的迷离嫣红，
小母亲一样的檀香丝绸温暖。

2007年

老夫妇

老榆树下，
他们静静坐着。
我知道他们结婚四十多年了，
可能从来没有热恋过。

他们老了，面目生硬，
可是在这料峭春寒里
他们默不作声地紧紧挨着，
还是叫我有几分感动。

2008年

半碗清水

早晨，我顺手

喝了半碗清水，

不是用杯子，

而是用盛饭的那只蓝边的瓷碗。

半碗清水。

我喝水的手势和平时

有点不大一样，

我有点，似乎不是仅仅在喝水了。

半碗水里，隐隐有

淡淡的米香，

一些久违了的

已然遗忘了许久的什么。

2008年

时间的碎片

1

我看见时间
弯曲下来，
蔓延于我们的四肢
再给绷直、拉断。

而我多想
能够坐在时间的中心，
随着满身的时间
而渐渐坚强，
渐渐混乱。

2

时间可以怎样给停住？
是靠一种颜色，

玉米的生长，

还是靠突然加快的时间，

靠死亡和虚幻？

是冷漠的时间

细腻、精微，

我才可以没有任何气味地

慢慢品尝我自己。

3

时间，也许是一定的。

我们俗世的时间

一定更慢，

足以使我们度过

一个小人物卑微的一生。

而我们最后看见的时间

一定是在玻璃、铁和茫茫水面上。

2004年草，2007年改

铁

晚餐之后，

偶然走进厨房，

见煤气炉口的支架斜着

——那支架的铁曾经烧得通红。

支架斜着，我得把它放好。

现在，火也早已熄了，

可是我不敢，我试着触到铁的冰冷，

我还是担心

它会忽然跳起来——灼伤了手指。

2006年

空 谷

空——谷。

留出空谷的是
两边的山
（山根七分，
还要陷得更深）

山
之——间，
是偶然的三分空谷，
是河水，树木，屋宇，
秧田，牛羊，芥子一样的人。

风景，其实已经足够。

2002年

石头/灰尘

石头，
自己
卑微、朴素地安身在地上。

而灰尘未知，它们轻飘，迷离，
人们不能，即使无风，它们也可以转瞬消亡。

即使无风，也不能掌控，它们会因为什么
突然渗入空气的十万仓皇。

2009年

法布尔①

这个一整天都盯着

椎头螳螂，盯着长须蜂，

绿螽斯，蟋蟀，蝴蝶，松毛虫的人；

这个一生都虫子一样凝神、讶异万物的人，

我看见"它"笨拙地

以染了泥的触须、爪子，

爱上了一只新来的小雌虫，

而忽然间满身是

那小虫子才会欢喜的幸福奇怪的气味。

2008年

---

① 法布尔（1823–1915），法国小镇小学、中学教师，一生贫困，著有10卷本《昆虫记》。

关于夏天的短句

夏天——突然发蓝

瞬间进入。

而这于我，只是一次环绕季节的

阴暗、朦胧的旅行

偶尔给蓝色的光线中断。

披着绿色外衣的大地，鬼魂一样

并不给我留下多少印象。

我只是惊讶地看到它的一侧

已经暗暗发蓝、裂开了的残酷香气。

2003年

下午三点

阳光真好！暖洋洋的，
让我想就这么一直
靠过去靠过去，
一直到通体透亮。

通体透亮，暖暖阳光里，
生，抑或是死，还有
说不明白的什么，似乎
不管是什么，都可以放下了。

2008年

一生的事情

欲言又止的两个男人，

多想宁静下来。

可他们一直在颤抖，

压抑不住地颤抖。

他们的阴影下面，

乖巧的猫

宁静得没有一丝声响。

它的柔软的毛，令人不敢呼吸。

2006年

往日幸福生活

一家人齐了，拉出凳子，摆好筷子，
安静、小声地坐下。
桌上简单，冻豆腐炖白菜，土豆丝，
玉米粥，好些刚出锅的馒头。

更叫人高兴的是，
这时有人敲门，是远方的亲人，
裹着一身寒气，刚刚赶到。
母亲招呼着，赶快坐下！说——
饭才刚好，看它们还不好意思地热着。

2004年

回忆（一个小说片段）

你裸身匆匆翻起，

另一间屋子，孩子梦醒了，在叫。

从性，到母爱——母爱也是一种性么？

我知道你会这样裸着，

搂着自己的孩子，那个五岁的小男孩，

让他贴着你的长发，肌肤，小小的三角区，

暖暖地熟睡。

你回来的时候，

孩子已经安睡。

母亲再次回到女人，

强烈，潮湿，炽烈。

我感到了你的身体，感到繁衍，爱，

粉色与黑色的爱……那么强烈，也那么渴望，绝望。

2009年

电影片段

有口音的老妈妈，
问低着头的女孩子：
心里有人了？
不知为什么
忽然间
我的眼里满是泪水。

也许是心里还有爱，
已经是如此年纪，
竟然还会
为这样一句话，
这样的一个有些"土"的词
感动不已。

2007年

世间最爱的

世间最爱的
是小女儿
"安"一样的宁静，

是她带来的
新鲜，

是她单纯惊人的
玩具一样的
小脸。

2007年

戴面具的人

面具，阳光温暖。

而低头的舞者，他们结实的后背

弯过了整个石头广场。

我惊讶地关心的是，

那些戴在额上的面具

仰着的脸。

面具的目光，

一瞬间

复杂地

和什么？和祈祷？在天空相交。

时间，

缤纷于几个世界？

三重，还是五重？

那一刻谁能进入慈悲的祈祷，

谁就幸福；

那一刻谁能进入，

谁就有悲哀的洞悉，和悲哀的幸福。

2004年

我的脚趾

这是我的脚趾：

大拇趾（父亲），食趾（长子），

中趾（母亲），无名趾（小捣蛋）

小拇趾（小女儿）

这多像一家人，数十年来，一直默守在一起。

这会儿，我真的有些感激它们，

这么多年，不离不弃。

它们不可能没有自己的想法。

它们缘何要跟我一起，

度过这平凡一生？

即便我要离开，

它们也会一同前往那个未知的世界。

这是我的脚趾，

趁着我还没有彻底衰老，没有糊涂，

这会儿，我要好好看看它们，

并深深地鞠躬，致以深深谢意。

2009年

卷二

一只梨：在两种光线里

1

风凉，间离，干净的梨。
极少的，冰一样的清晰。

随着暮色而肃穆，
一只梨样的
佛像一样的肃穆。

一切，清晰，也
有点遥远。

2

斜阳
让一切更少，让梨，更少。

斜阳

在梨子上的薄薄金属，

越来越亮，越来越少。

这也让我的诗，

减少到

只有最少的

凉凉的几行。

2008年

白　桦

穿行在树林里，身边是
柞树、杨树、松树。
让人惊讶的是，突然的
——几棵白桦。

它们太白了！
——犹如刷了白漆。
它们太白了！
以至于我盯着它们，
其他的树，一律消失。

——林子里
只是肃穆的，近乎抽象的白。

2008年

冻透了的苹果

沿着小小水分子，悄然冻透了。
严寒才是一切的终极。

此一刻，我要认真理会的是苹果内里
已经棕黑、晶莹的部分，
那些冰凌怎样
逼住了果糖!
它的疼痛——
碎玻璃一样的透明疼痛。

我看到了它的隐忍，
看到它
缓缓地、疼痛地
终于彻底……放弃了……自己。

2008年

小野果

它还是

未熟的。

它的筋节未开，

还需要一点秋风，一点醇厚阳光。

它的果皮上是薄薄甜霜，

果核浅褐，新鲜，籽粒油润。

它的果肉生脆，

它还没有把自己彻底酿透。

它还不知道自己究竟有多甜。

它还不知道爱的，不会爱的，

不知道怎么爱的，

把自己抱得那么紧、那么圆去爱的。

不知道怎么疼着、疼着，就爱了的。

2008年

李子紫红

李子——
可它的内部，一定是热的。

如此结实的李子，
饱含了七十二秘密。
它的核如此地小，如此狭小，
如同一个女人幽暗深藏的殷红。

这近乎铁色的水果，
只是在很少的日子，才出现。
它的深深密闭的、不透气的紫红，
和深紫色，铁色。
它的厚厚的果肉，真的是如此结实。

——它的核，是如此之小。
如此之紧密、可爱。

2008年

与不同的食物为邻

白菜，鱼，肉，土豆，
苦瓜，诱惑的火龙果风景——我不同的邻居，

可我现在只埋头于手里的半碗白米粥，
撒了些涪陵最新推出的虎皮碎椒的，
它让这个清晨格外满足。
我的书案，我的整个房间
都弥漫着白米的温润的香。

——其实，我也不过是大地的食物，
这时光，这大地悄然转换的另一种食物。
可以和那些朴素如清水的食物
更加接近和契合的。

2008年

白　菜

冷的时候，大堆的白菜，
已经给村民们运了回去。
就是这些白菜，
寻常的大堆白菜，
要陪伴着一家人，在这偏远地方
过完这个冬天。

默不出声的男人，围着头巾的女人，
像往年一样，甚至所有的动作都是一样。
——就在他们推开大门
进入院子的一刻，
我恍惚觉得，这一切似乎还是去年。

2008年

果园三题

1. 果园傍晚

果实上的白霜

悄然冷了下来。

果子就要熟了，

微凉的甘甜，果园里弥漫。

可是，树枝上汁液饱满的累累果实

也难以遮掩

光线渐渐转暗以后，

暗绿树叶的格外清苦。

2. 寂静的果园

白天，也竟然有如此的寂静。

饮茶的游人，茶盏，在寂静与寂静之间

偶然跌落的果子

也是寂静的。

果子落地，
它的声音
似乎要稍稍迟缓一些，
似乎犹疑着，暮色里的寂静
已经积得太深了。

3. 夜幕下的梨园

满园沉甸甸的。
夜幕降临以后，
什么也看不见。
只有窗口灯光照着的那根枝条，
几只果子，半遮半掩。

园中穿行的小路
已经不知去向。
偶尔有蟾蜍的叫声。
果园里，满是蟾蜍和梨子的潮湿气息。

可我知道那些远处的果子，越是看不见它，

它就似乎越沉，越有力气。

2007年

黑布李

这李子，硕大之一种。

沉甸甸的浑圆，只略微轻盈于

它自身那根暧昧的凹线。

这黑紫色的线

如此暗香饱满，小小野蛮的饱满。

也有点神秘，而令人不安的是

它更深的红，血红，黑红。

而它浅肉色的核

沉迷于它自身的更深果肉。

2008年

雄木瓜

切开的时候，

我惊呆了，湿暖的子宫似的木瓜里，

蠢蠢欲动的

状若蛙卵的黑色的籽充盈得满满的，

有如某种器官的肆虐喷溅。

近乎恐惧中，

我用金属的勺子（手术刀一般）

将黑色的籽清理得干干净净，

一粒不留。

甚至在它们附着的黏黏的温热的那一层，

我更留下了更生冷的铁腥气息。

可是我已经无法食用，

我厌恶地把它搁在一边。

我觉到了恶心，

有如胶水一般的黏黏的恶心。

唉，生竟然是恶心的，

而深秋的干枯

大雪中的死亡却是无以言喻的洁净。

2013年

几粒瓜子

已经忘了，兜里还有几粒瓜子。

摸出几粒，随意嗑着，

若有若无，就似乎有了一些若有如无的意思。

寻常生活，也许就是这样，

只不过是要有几粒偶然想起的瓜子，

有意无意丢一粒在口里，有意无意地嚼一嚼，

而有了一种若无如有

若有如无的满足。

2014年

杏　子

这不登大雅之堂，

亦从不沮丧的杏子，

只适宜盛在黑瓷粗碗里的杏子，

带着小麦馨香的麦芒[①]，

有一会儿，它们的脸上有点害羞的嫣红。

然而，我更着迷的是，

杏子在深静的山林里，

果肉消失，留下一枚枚褐色的干枯心核。

泛着阳光的金黄杏子，

这泥土里来的，

它的核，本就是更深的泥褐色。

而更多的，是我知道，

杏子，其实已经不适宜于我等食用。

最适宜它们的人

是散发着泥土气息的劳作的老人和妇女。

山下的炊烟，

已经在暮霭里升了起来。

他们随手摘下一个，喝着粗茶，

就着土尘，吃了下去。

他们吃完，拍拍身上的土，

好像从没有吃过这个杏子一样。

2014年

---

① 麦收时，亦是杏子成熟时。

榴　莲

她熟稔地

剥下黏黏一瓣。

如此的味道，发酵的，

几乎是臭了的气味，让人鼻息一紧。

而她眯住了眼睛，一再回味。

她沉迷，沉鱼那样，落雁那样，

在爱欲中沉迷那样，

在暗暗涌动的诡谲浪波里，只微微挣扎一下，

旋即更深地……放任了。

那么美艳，美而贱，因这味儿发贱，

而少了一些儿羞耻的矜持。

2013年

夜晚的白马

白马，
白天看起来有点灰白的那匹马，此刻
在星光里。

夜晚
马的白，缓慢，奇怪，孤单，
尤其，整个的夜轻轻软软地含着它。

整个夜晚，那么珍重，一动不动。

2007年

夜色里悄然吃草的马

不远处，一匹夜色里的马，

奇怪地沉，也奇怪地轻柔。

我看见它，

只是凭借着马的大致轮廓。

马并没有因为

我的到来，

而停下来。

它甚至看都不看一眼。

马垂下它柔韧修长的颈项，

咬住一撮草，用力，

那一撮饱含汁液的青草断裂的声音

是水的，也含着泥土。

我注视那匹马很久，

直到夜的露水下来，"呀"的一声凉了。

我奇怪的是

听见了青草断裂的声音，

却一直没有听到马的有力呼吸。

2008年

风中小虫

偶尔飘落的小虫，
细碎的爪，风中
抓住了些什么？

它斜斜撑着的
骨骼，透明微绿，颤抖着的
低低压抑的翅，
比风紧一点。

我无法细细分辨，
但是我能觉察到小虫的那一点"紧"，
比风更窄、更低一点的"紧"。

2008年

勤劳的阳光下

过来，过去，匆忙忙的

一地蚂蚁，

其中一只和另一只，

亲热热地碰碰头，

小声，说了句什么。

蹲在地上，我看了很久。

蚂蚁在忙些什么？

尤其是那几只

两手空空的蚂蚁，

它们领受了

什么样的使命？

而令我感动的是一只挪动麦粒的蚂蚁，

突然停下来——抬头，

真的是抬头，看了看我的脸。

啊！温暖暖地看了我一眼。

2009年

燕子低飞

人们安静下来，
知道雨就要来了。
他们悄然无语，甚至是有些微微战栗地等待，
木窗湿润，青山朦胧。

燕子尖叫，低低飞舞，
压着人们的房顶。
整个天空都是低的，低的，
而一片片黑青色的旧屋瓦，沉默地翘起
——它们感到了
整个天空，潮湿的力量。

2007年

小　鸟

它是干燥的，

羽毛，喙，薄薄的眼皮。

空气也是干燥的。

时间，也是。

它干燥的小爪子，

抓住大地，抓住铁石一样的路面上

浮起的

那一点尘土，一点阳光。

无知的尘土，和更加无知的阳光。

2008年

小蚊子

一丁点儿痒……
一只早春的蚊子，
那么小，趴得低低的，
好好学习、天天向上的样子。

它没有手，也就是说，无法劳动。
可既然不能劳动，连上帝都这样安排，
我又能说些什么？尤其它
稚嫩的小嘴迷恋奶水一样，
那么可爱、娇憨。

2008年

丰　年

几只小松鼠是多出来的。
松林，比往年热闹，
树上满是松塔。

从老人们那儿我知道，
年长的松鼠们去年
就从大地知道，
而我只能嗅到松脂的气息越发浓了。

松鼠们，怎么能知道
明年的事情？它们怎么知道
松塔里满是突突跳着的松子，
守着秘密的喷香？

黎明和暮霭，泥土，雨水，树木，
云和风，都紧密团结在一起，
它们共守一个秘密，唯独

不告诉人类。

2008年

菜叶和田鼠

满地菜叶，给雪冻住。

还有一些，早已深深冻透了。

我不认识那些菜叶是什么，

芥菜？抑或是别的什么。

冬贮的，已经运走了。

留下这些，是给田鼠。

遗弃的菜叶之间忙碌的田鼠

让我知道，我应该放低自己的生活。

田鼠们紧紧裹着褐色的毛皮，

肚子湿冷，几分臃肿。

刚刚掠过的火车阴影，

让抬起头的那只田鼠，稍稍茫然。

2008年

蟋 蟀

似乎是专门为了这个月夜，
洁白的石头上，
它的身姿，精心准备了。

不知道它生在
什么地方，它只是想着，
该有一个地方
可以优美地死去，可以不朽。
它要顺着晶莹月光，顺着，一声不出。

它迷恋月光，
一点一点把它的小身体、小骨头浸透。
迷恋月光让它小小的轮廓完整，
半透明的，小小化石一样。

2008年

黑暗里一只不知名的甲虫

一只甲虫，

我猜想这会儿，正暗中窥伺什么。

我知道，即便是甲虫，

它们也有自己的气味、食物、繁衍，

天敌和疆域，以至于游戏，

有自己的"时间"，甚至漫长的"历史"。

我这会儿想知道的是，

它是因为什么，奇怪地停了下来，窥伺什么？

我知道，

我和它，它那一族，终将相安无事。

我只是不知道，

是哪一个世界，

虫子的，还是我们的，

比时光更绵长，更有值得咂摸的滋味。

2008年

搬家的蚂蚁

搬家的蚂蚁，

地貌并没有什么异样，

可它们还是弯弯曲曲地走。

这秘密甚至连它们自己

也并非清楚。

劳动是光荣的。

蚂蚁们勤劳、安详，

筋骨毕露，也依旧勤劳安详。

我看到这些劳动者，

勤劳、善良、节俭，

不多一物的至高美德。

我渐渐低下身子，

我真的想和那些搬家的蚂蚁，

一起走走它们的路，

看看

它们未来的家。

……不知不觉间，我感到了沁凉的泥沙。

2009年

有猫的下午

午后，阳光，树叶，细碎的光影，猫。
风，一会儿在这边，一会儿在那边。
桌子上，是盛着冰水的
曾经是大容量的瑞典伏特加酒瓶，
啤酒和……果茶。

我和你下五子棋，负多胜少，
后来开始赢棋，其实已经是你在悄悄让我。
时光宁静，美好，
这里要是自己的家该有多好，
不管有多远，
甚至可以是在遥远的瑞典。

阳光，在微风中抖动，
树叶上是细碎的光影，
时间似乎也可以是细碎的。
我们在下棋
可是时间已晚，已晚，

光线渐渐灰暗，

树叶隐藏起来，那最为细碎的

已经看不见。

窗外那只猫，

已经在树荫下一只圆桌上

温暖地睡着。

清晰的只是我们的桌子上，

已经有几分黄昏凉意的

啤酒，果茶，空空的

曾经满满盛着冰水的瑞典的大玻璃酒瓶。

2008年

猫

猫，没一丝声响，

行走，

从高处跳下，

都是。

——它的跳下，一小团松软充满了空气的

棉花那样，

吸尽了所有声音。

猫，是神秘的。

人们无法猜度

墙头曲折的那一端——

即便是写了《我是猫》的夏目漱石[①]

也不能知晓猫的下一步。

看似绵软的筋骨，

松软的链条一样，会忽地绷紧，

窥伺每一只鼠的挪移、试探，

甚至鼠须的些微湿润——

猫独自享受这些秘密的寂寞。

——忽然，熟悉的一点气味，

隐约在那儿。

让它惊喜而甜蜜，

腥膻而且甜蜜，

它曾经留恋缠绵过的一个烟囱的温暖拐角，

那一夜残留的爱的味儿

让它的脊背的链条再次绷紧，瞳孔突然残忍地放大。

2013年

---

① 夏目漱石（1867—1916），日本作家，著有长篇小说《我是猫》等。

巡行的猫

出没，偶尔，

亦有些时候，

三两只，某一空地

伫立，之后，某一只或是一两只，

四顾之后，迈步犹如巡行。

也确是巡行。

猫们的眼神、步态，收起野性，

收起牙疼一样煎熬的叫春，

确乎是芸芸众生之上的傲然巡行。

偶尔抬头，猫们也会在车棚上，居高临下，

如同古远的小国君王，

宁静，也孤独，孤独也宁静。

似乎有些什么话语，

不屑于跟同类，亦不屑于跟人类交谈。

不高不低的天，猫们随意看一眼，觉得

天也不过就是天。

2014年

凌晨的鹰

凌晨，
鹰——
薄薄雾气里的鹰翅笔直，
如剪影，那么黑的
笔直的美。

鹰，
笔直地
向高天——飞。
它旋转的时候，瞬间
过来、过去，
有如削着
虚无的铅笔。

鹰翅，绷得紧紧地
笔直地
削着。
削着，

也削着笔直的自己，

浑然不知什么是疼痛地

削尽了

渐渐

虚无的

自

己。

2014年

鹰

鹰，

上升的时候，

神在

看着……

神看着鹰，

企及只有神，方能抵达之处；

抵达除了神

一切都将毁灭之处。

鹰上升的时候，

已经是足够的美，

不可能更美的美，

可是鹰要更美，

要逼近至高的毁灭之美。

毁灭之美，那一瞬息，

神在祈祷，可是，不叹息。

2013年

蛾 子

它翅膀的无奈，方向的无奈，
这可怜的，自己惊慌了自己的蛾子，
要飞往哪儿，
甚至连它自己
也不知道。

它飞着，无奈，慌乱地飞着，
不确定，不知方向，不知生死，
不知它的命运，
就羞涩、慌乱地触了一下
这个世界同样无奈、慌乱的命运。

2014年

梦见羊

梦见的那只羊，
它的神情
异常宁静。

它只是一只羊，
梦里的羊，
醒来以后
就要消失的羊。

它为什么会异常宁静，
宁静到叫人
怎么也忘不了。

2008年

去迭部的路上见到一只羊①

高寒之地，空气菲薄，它近乎是虚幻的。

斜斜站立的羊，虚幻一样的白；
棕黑的身子上，它的头那么小，那么小……

它近乎虚幻，
近乎虚幻的静，似乎偶然，似乎因为什么
就可以忽然消失。

2009年

---

① 迭部，位于甘肃南部藏区。

| 卷三 |

苍老的美

被爱，一再被爱，

爱过，也深深地爱过的女人，

皱纹之间，眼神明亮，依旧是迷人的。

劲健的腿、手臂，修长的张开的手指，旋舞间，

叫人嗅到香水、白兰地和烟草的味儿，

叫人回味她深深地吸了一口烟，

仰脸吐出，略略迷茫的眼神。

烟消之后，手指那么干净，白皙，

指甲修剪到无限完美，

而让人在触到之前，几乎要战栗，

因为美而战栗。

而顺着她的手臂向上，到肩膀，锁骨，

少女一般的锁骨，隐隐的细细的血管，

血液依旧是热爱的，热爱而近乎贪婪，怎么也不够的。

而她的脖颈，她的脸颊，似乎衰老，

却是临近了夕阳的那种静穆。

我也没有忘记她的梨形的腹部，那迷人的

令人沉迷的温热的肚脐和甜蜜的幽深。

……我嗅到了树木深秋里淡金色的叶子
干燥、洁净的味儿，就要飞扬的味儿。

2010年

偶然路过

偶然路过，

只是喜欢，那一些幽静，

隐隐在山坳里的。

不过是青山连绵，一湾河水，百亩良田，

错落屋舍，牛羊鸡鸭，

几只喜鹊，飞来飞去，不多的劳作、悠闲的人。

河水清清，可以濯衣，可以濯足，

稻米可以果腹，桑麻可以蔽体，

婚丧嫁娶，四时节令，

叫人忘了岁月，忘了外面的世界。

这一切有多好，

还有偶尔的读书声——

甚至连读书声也都可以不要，

连书也不要，连时光，也都不要……

2014年

沧桑辞

我得感谢，那么多岁月已经过去，
感谢我终于就要老了。
对镜自览，是如此丰沛的
我的小小的沧海桑田。

爱过，被爱过，
不会再忧伤，也不再想着占有
风花雪月的女人。
格外嗅到而喜爱的是有着烟草味儿的女人，
更馥郁的女人的味儿——
已然是秋阳沧桑，岩石风化了的棉布也似的灰白；
已然是午后安详，
渐趋干爽的开过了花、结过了果实的坚实。

沧海桑田，沧海桑田。
我也已行走了半个天下，
那半个，留着来世。
对镜自览，我只有感激，只有惭愧，

和对岁月万物的由衷谢意、歉意。

2014年

山中即景

山中，浓荫蔽日。
行走的人，说些什么，
有一句，没一句地
说些什么。

昨夜有雨、有风，
草地树木，湿漉漉的。
溪涧一侧的山岩，那么干净，
干净得叫人，没有办法写下来，
干净得叫人，什么也不想说。

真的，写些什么呢？
说些什么呢？
山岩那么干净，
草地，一簇簇矮矮的野花，那么干净。

也许，还是说点什么吧，
说点什么呢？有什么话好说呢？

就说这些雨后的山岩、树木、花草，

多么干净吧。

一会儿，有了尘土了，

有了尘土，也那么干净。

山中，几朵云飘着，一动不动，

有着几朵云飘着，一切就都是干净的。

2014年

祈祷词

我要我真的能那么小，
要比一只小鸟，蜜蜂，蚂蚁，
更小，
需要如此之少。

如此的小，就没有太多的爱，
没有什么，要苦苦割舍。
如此，就可以
悄然于万物之外。

我愿是如此渺小，
甚至比一只蚂蚁
还要小，
几粒米，一颗盐
已经足够
一生的享用。

2009年

黄昏伏案中，想起病中的亲人

灰尘，略略拂去；案上，净亦不净。

案上，残茶凉透，如隐忍烈酒。

几枚干枯石榴，若古老的铁。

——无以言喻的，

仍是无以言喻。

我曾坚韧，现在，却如许衰弱、无奈。

我感到了渐渐趋近、逼近的。

我嗅到了空气里缓慢而来

却丝丝入扣的苦寒。

我懂得，我哪里会不懂!？

生死之间，原不过是小小沧海桑田，

命随意给了的，命依旧要随意拿了去。

2014年

115

假　如

假如没有——没有——

一直、一直没有死亡。

假如死亡，不诅咒，不赞美，

只是世界的一个小小闭合。

假如，死亡也会羞愧。

假如所有的生，都比死亡仓促。

假如，死亡在泥土里还在顽强生长。

假如死亡，比活着更重要。

我要说——

人生在尘世，要死亡在天堂……

2015年

老了的时候

老了的时候，
会想些什么？
爱过的人，逝去的人，离散的人——
我多年惦念一个
叫冯志雨的同学，先是去了青海德令哈，
后来不知去了哪里。

也许，老了，才可以从容地想想这个世界，
像真正的大人物一样
谈谈国家大事，
谈谈人民。
那么大年纪了，有资格对这个世界
指指点点，甚至跺脚——关于这个世界的前途，
现在，以及未来。

有资格谈谈世界，
谈谈城市和田野、庄稼，风雨季节。
有资格谈谈生死。

我已经从生看了过来，看见了
渐渐抵近眉心的所谓的死亡，
那么寻常。

我已经活过了。
死亡，也让我们来促膝谈谈，
好好谈谈，两盏烧酒，就着半碟花生，
好好谈谈，好么？
一直谈到我们都没有了谈话的力气，
都需要好好歇一歇。

2013年

由父母而想起

父母那儿，厨房案板上
扣着洗净了的两只碗、两双筷子。

一切简单，再次回到从前，
两个人不过两只碗、两双筷子就足够了。
他们所需甚少，
这案板上的，即是明证。
我亦知道，总会有一天，
这案板上会少了，
只余下一只碗、一双筷子。

以后，我等亦是如此吧，两只，一只——
终于又是一只碗，一双筷子，独自一人早餐，
一个人把碗筷洗净。
轻轻扣下那只碗的时候，偶尔会想象
是将筷子放在碗的一边，还是把它们
搁放在清水未干的碗底上。

2014年

对面楼里有人走了

对面楼下，清晨，干干净净的水泥地上，

有人撒着玉米粉^①，

一直撒到外面的路口。

我知道，那是一个老人

昨夜走了。

走了，忘了。

午后，一直到下午，我在宁静的阳光里看书

——忽然想起

一个人消失了。

死亡多美，要是看不见，会有多干净；

那渐渐浅了、消失了的淡淡的灰，会有多美。

那消失了的，正像这会儿的初秋，

凉爽爽的秋天，干干净净，

没有一丝多余的味儿。

2010年

---

① 民间撒玉米粉为引魂之意。

生病日——拟古老的风景

艳阳高照，如许温暖。

男人在田里，

女人忙于纺织，

更老一些的女人，安详地准备午饭，

而孩子们只管玩耍。

只有我一个人，没了力气，什么也做不了。

我生病了，身体虚弱，

可是我迷恋的那个女人，

心疼地悄悄瞄了我一眼，

而让我感到了生病的幸福。

2006年

我究竟感到了什么

我的手
倏地停下。
即将死去的那只小虫，
上百只毛茸茸的爪子，
散发出死亡的力量。

它并非死去，
也并非完全活着。
这濒临死亡的逼真气味，
让我阴郁的内心有几分奇怪的满足。
让我死死地盯着它
忘了满地阳光。

2006年

暗中到来

如此，

却不能不如此。

无人示我，亦无人能示我。

暗示数次降临，终于不再眷顾。

这崩溃一击，以数年之久，如此缓慢。

醒悟之时，不能亦不必对人述说了。

我也已最后明白，

无奈地明白，却不能说"不过是这样"。

2013年

一小截指骨

草地，偶然看到一小截骨头——
一截指骨？
一小截灰白的，无名指？

已经灰白、有些皲裂的指骨，
因为什么，遗落在这里。
虽然，神的青草是慈悲的。

我沉默、注视的那一刻，
它好像、好像轻轻地动了一下。

2009年

两个老人

午后，阳光，落也
似乎没落。
树悠然。
安静的小街，
有人偶尔走过。

两个
站在街边说话的老人，
衣衫半旧，裤脚染了尘土，
可我觉出他们满心幸福。
他们安然由命，欣然由命，
眼神明亮，从容。
他们不曾注意过
阳光落了下来，还是没落。

2010年

卖柠檬的人

柠檬，丰润，鲜黄，凸起的小嘴

如此鲜嫩。

可我注目的是

挑担人谦卑认真的身姿。

他匀称，轻快，

甚至是可以称之为干净的步子。

他谦卑的营生，不多的几个小钱，

一家人的生活里，是几十斤米，

四五种青菜，不多的鱼。

因这身姿的几分认真，

和只肯三分的幸福，而让我感到贪婪，惭愧。

2009年

自画像

想看见自己睡着的样子。

这个人，有点陌生，有点熟悉，

怜悯，也有点厌恶。

只有我自己才知道这个男人除了善以外，

还有恶、残忍、怯懦、肮脏，

并没有多少值得赞许。

我甚至觉得这个男人，

可以早点离开，

让这个世界的一小块

早一点

青草一样洁净。

虽然——

我早已怜悯、宽恕了我自己，

也早已怜悯、宽恕了这个尘世。

2009年

墓志铭

我一生都试图站得笔直①,

但都没有站好。

此刻,我还是宁静躺下,安歇,

和大地平行,一起

望着天上的流云,

继续带走我再也不能随行的……

2012年

---

① 偶然在笔记本上发现这首诗的草稿,似乎是我某天酒醉之后写下的。诗也几乎是完整
的,不用多改,似乎天赐。

席地而坐

席地而坐，宽袍大袖，如许惬意。

气息……泥土的，席子的，花草树木的气息，

还有围拢着周身而升起的湖水的气息。

席地之人，与大地为伍，河流为伴；

席地之人，安然坐下，多么庄重；

席地之人，带着山河，缓缓起身……

而我等……已是离席之人。

2015年

一棵树要把自己长透

一棵树，它要长得高过什么，才能长透。

它的根，要比山岩硬，

它的叶片，要比刀子和秋风犀利，才能长透。

它要长得浑身是力气，

有打铁的力气，也有绣花的力气，才能长透。

它要把自己长得浑身通透，

要长得忘却了尘世，才能把自己长透。

要历经树的尘世，历经万物的尘世，

历经爱和死，历经无比苦涩的人的尘世，才能长透。

它要长得浑身生疼，疼得没有办法忍受，

彻底遗忘了这茫茫大地，才能把自己长透……

2015年

131

离去之日

离去之日，不说什么。

我面相端庄，两手洁净，

没有一丝尘意。

我安详，已经没有贪恋，

忘却了风雨，一心要爱慕流水。

可是只有我自己

才深深知道，

离去之时，我还有多少

寻常的向往，还有多少舍不去的

寻常人世的沧桑挂念。

2006年

澄明的秋天

一介贫寒，

我没什么可以留下来的。

曾经写下的宁静、疼痛的文字，

也并不属于我——那是另一些过客。

早些时候，我热爱灵魂，

甚于热爱肉体；

可最终我还是屈服于

或许是更为固执的肉体。

而终于有死亡，会为灵魂准备。

幸亏有死亡，会安排好一切。

在渐渐澄明的秋天，

那揖别有如一场宁静的盛宴。

2015年

我已寂寞过了

我已寂寞过了。

一个人走的路，

也就一个人走吧。

一个人饮的酒，

也就一个人饮吧。

茶呢？那只用了许久的茶盅，

不管染了多少灰尘，

能洗干净就行。

还有爱，爱也就爱了，

不爱，也就没有了爱吧。

我已寂寞过了。

窗外，是孤单的几株树，

春风事后，还是显得孤单。

而我已经寂寞过了，寂寞惯了。

一个人惯了。

清醒也沉思惯了。

也常常忘记了这已经是五月初夏，

忘了自己早已经寂寞惯了。

2015年

一　天

一天，过去。

清晨，没在意。
中午，也没。
然后是午休。
午休，真好。

下午，忙什么，
忘了。
晚饭后，
出去走走。
走走，天就黑了。

天黑了，忽然想起，
这一天什么也没做，
就这么过去了。
觉得有点无所谓，
也觉得有点微微地惋惜，

有点微微地可耻。

2015年

大雪之夜独眠

冬夜，独自睡下的时候，

格外裹紧了被子。

好些日子没有下雪了，

也没有风，但是格外冷，干硬的冷。

裹紧了被子，

手臂环绕，自己抱着自己，

爱人一样抱着自己，

紧紧抱着，抱着。

紧紧抱着自己，这也是一种温暖，

自己给自己的温暖，

自己给自己的以爱的方式的温暖。

而承认这些，并不羞耻，

在这个虚无的尘世面前，并不羞耻。

2014年

挽 歌

最后的冬夜，

寻常几个电话，

远，或近，亲人，亦有友人，

还有的，无声，但是怀念。

之后，简单洗沐，这人世的清水啊——

依着床灯，读一本书的最后几页。

这是冬夜，终于下雪了。

漫天的大雪，愈下愈大，

愈下愈大，

而那一片黑茫茫、白茫茫里，

我已浑然不觉，宁静，怡然，透明了一样……

2014年

让我快一点老了

让我快一点老了。

老了，就知道最后的结局。

那时候，

才知道过去的那些"痕迹"，

那些"点"和"线"，

诡谲地

如同山间的石头、树和流水，

豁然连在一起。

一切可以放下了，不能放下的

也得放下了……

命运若此，夫复何言。

2014年

与痛苦交谈

所谓痛苦，真正可以

称之为痛苦的，

只能无言以对。

那痛苦，深入，骨髓。

犹如深秋的冷雨一再浸透了你

此生乃至来生的泥土，

让人不得不低下头去。

哦，痛苦，我真希望能看见它，

与它耐心交谈，直到那痛苦

它也可怜无助地低下头。

它不知道，无辜，

它，什么也不知道，什么也不懂……

2014年

哑巴的气味

是谁说的，
什么是哑巴的气味？
忽然间
我是那么地喜欢这句话。

哑巴的气味，
究竟什么样？
相仿于石头？木块？空气？
还是有点饥饿的
清冷冷的茶？

一个凌晨，
我忽然品尝到了
那种不想说话的
澄明，那因厌倦而独自的安然
——那相仿的哑巴的气味啊。

2008年

瞽　者

艺术之巅，为绝境。
有后宫养女之后人告诉我。她说
你知道那些纤维一样的金丝，
比丝线还要纤细的谜一样的金丝
如何而来？

由是我知道那技艺，
知道炫耀是不道德的，
最高的，只是墨守；
由是我知道那菲薄的金箔，
源于何等的森严法度、平心静气；
由是我知道那"吹毛得过"的长刀，
何等平坦的案上，在匠人的手眼下
（这匠人也必得是瞽者），
必得不闻一丝声响，
必得某些日夜的持守，
亦未对一丝光线破戒。

2007年

鱼、土豆、无花果和清泉水

为什么没有人，一生一世

仅仅吃一种东西：

比如单一地吃鱼，

或者是土豆。

假如是一个女孩，比如

她愿意一辈子吃无花果，

一辈子都这样，

满身甜蜜、馨香。

这样的人，单纯地相安于一条鱼，

几个土豆，一抔无花果，清泉。

甚至，我希望能有一个

只饮清泉的人。

以至于他们可以有这样的命名：

吃鱼的人，吃土豆的人，吃无花果的人，

喝泉水的人——这些洁净得

令人感动，也叫人微微有些难过的人……

2008年

灰白的骨骼

简朴的骨骼，

灰白，干净。

难以描绘的灰白骨骼，

喜欢它们以后也会是我自己的。

灰白的骨骼，

要在泥土里面啊，

灰白白的，干干净净，爱着一样，

相互依着，睡着了一样。

2008年

之后，黑了

之后，黑了。

黑了，才好呢。
黑了，那回味，
那洁净女人的气息，欲望平复
又复而荡漾的微微腥咸的气息，才那么迷人。

黑了，才好呢。

那个洁净女人的气息，那么迷人，
那么想叫人把额头深深地
埋在那儿。

黑了，才好。
我的女人，累了吧？好么？
这世界的最后，
就是黑的，是那么黑的美。
静静的黑。

黑了，才好。真好。

2012年

菜的味道

觉得身上，有些菜的味道，
低下头，闻闻手，果然。
想起半个时辰以前
才洗了几只青花瓷碗。

菜的味道，叫我想起一个
迷恋蓝花布的女人，身上
偶尔也有这样的味儿。想起
她是匆匆赶过来和我相爱的。

2008年

当我们老了

当我们老了，

偶然在街上相遇，可以

相互搀扶着，当着我们各自的孩子。

我们老了，但是眼神明朗，衣衫整洁，

虽然也还没有彻底忘记，我们曾经

那么艰难、那么幸福地爱过。

只是那会儿我们已经老了，

和别的老人一样，

宁静，和煦，安详，

平常阳光，平常的草色一样。

2008年

原始的婚礼

四块毛毡围着的地上，陶罐里

是两个人撒在一起的尿液。

外面，是那个老者咒语一样的古老祝祷：

撒下盐，麦种，各自家门的土……

合为一体的尿液，腥膻而圣洁；

撒在一起不能分开的盐，一样咸涩；

家门的土和家门的土，麦种和麦种

——也就是说，他们已经不能分开，无法分开，

就在此刻，已经生死命定。

2007年

拥抱——读马蒂斯麻胶版画

这一刻——忽然冷。揪心。

他的头，七倍的难过，麻胶的难过。

她的脸

胶着的泪。

黏滞。窒息。没有哭泣。

那个绝望的女子，

已经深深浸透了他

酸蚀了的锁骨。

这一刻——冷，又，忽然——叫人想爱了。

2008年

记忆与芬芳

晶莹的水果籽粒，青青木瓜香，
体香氤氲的美妙小动物，
明媚月光中
教我嗅过四种晕眩香水。

裸着的芬芳，点染杳杳星光，
以至于我愿意就那么迷睡过去，
在你荡漾着青涩与暧昧，
爱恋、饥渴的暗香里，有如微微中毒。

2009年

汗　味

天气闷热，忽然想动物一样，

伏在你身上，闻闻你的味。

真的，也许有点、有点不好意思（笑），

可是真想好好地

闻闻你身上的汗味，

有点咸的，甜的，有点儿发酵了的。

你身体的味儿，本真的味儿，

也有点不大洁净的味儿。

可那都是你的味儿，迷人的味儿啊！

2008年

一小块木头

路边，一小块

骨头一样细腻的木头。

它只是一小块，

很小的一块，近乎骨头的白色。

我清楚，它只不过是一块

和骨头有些相似的木头，

可我还是忍不住

仔细看了它好一会儿。

2008年

薄纸上的字迹

晨光，透亮。
我手里的薄纸上写着的
"夜里，我们看不见大地"，
还有"那堆在田间的
眠睡着的麦秸垛"
也是透亮的。

透亮的字迹，还有我昨晚
为列车上那个邻铺的男人写下的
"那个即将失明的人
在低头想些什么？"

晨光让这些
我偶然记下来的字迹，格外清晰。
我只是奇怪，只是感慨，
照着"失明"那两个字的阳光，
为什么更亮？

2008年

双手合十的豆荚

鲜嫩小手，合住豆子，

因爱而娇嫩的豆子，

汁水青涩的豆子，

一粒粒凸起的，欲要诉说的豆子。

爱就要如此吧，

双手合十，捧着，祈祷，

要一一都美满了。

要双手合十，一直到老了，

再也无法合住，手掌枯干，终于裂开，

那些美满的豆子，一一

落入了尘埃。

双手合十的时候，

心里有多满，看她的头埋得多深。

合十的时候，她知道那个人也和她一样，

那手里捧着的汁水青涩的爱，

是满满的。

2013年

幸福的厨房

厨房，要有矮桌、小凳，

老式温馨的那种，红漆斑驳。

火炉才加了炭，外面飘一点雪，

筐箩里有馒头，瓦罐里滚着米粥。

火炉上熬着米粥，我们促膝而坐，

欢欢喜喜说着什么的时候，忽然浓香起来。

它让我们感觉——真的是饿了，

那么饿，又饿又幸福，又幸福又饿。

2008年

山峒之旅

天黑得早。

木屋背后，远处，听不清是什么动物。

冷意索索的纸窗外，"嗡"的一下，

"嗡"的又一下，

那么好听，那么有生气。

我猜想那该是一只漂亮的野雄蜂。

木屋背后，那边，据说

植被茂密杂乱，遮天阴地，山路崎岖，

好多年都没有人去过了。

是呀，好些年都没有人去过了，

更遑论一个旅人。

2008年

山寺的黄昏

黄昏，我独自一人，
于室内，无声，无茶，无酒，
亦不掌灯。
寂静，六分，七分，八分，
如石，如玉，如黑铁，
亦如温和隐忍无畏的林木。

我在静等
比我更独自的一个，悄然来到
藤花寂落的门外，
亦悄然离去之人。

我独自一人，不言幸福，
而我忽然想起什么的一刻，
我已倦意十足，睡意十足了。

我想那个径自离去的人，亦是幸福的。

2013年

在地道里拧螺丝的人

我感到丝扣，

动了一下。紧。一下一下更紧。

窒息。

我看见那人露出的后背，

隐隐起伏滚动的筋骨，

深处的瞬间涌动

悄然消失于

金属丝扣的黑暗深处。

我感到有什么，

渐渐拧紧了，

拧紧了呼吸与呼吸之间的

最后一点缝隙。

这世界的深处，

是紧和更紧，是愈加黑暗的精密刻度。

2013年

没意思的诗行

1. 葵花子

黑灰色的葵花子

堆在

桌上。

它们散乱，瓜子皮一半扣着，

一半仰着。

而我想的却是

这嗑开了葵花子，

就再也不能给嗑开了。

这想法，比平常的想法还要平常，

却不知怎么

叫我想把它们写下来。

2. 下午

枯坐，

书桌上几页白纸，还是几页白纸。

阳光斜照，

飘着的些微灰尘，斜斜地好看。

时钟，停在几个月之前。

暖瓶里

还有半瓶剩水。

屋里

还有一些什么？

这没意思的下午，

多好。

一直是几页白纸的下午，多好。

些微灰尘飘着的下午，多好，

让我写下了这几行没有意思的文字。

2014年

风中河岸上

阴云密布，

燕子如琴弦。

河边的草地上，老鼠

一只又一只出现，固执地

寻找它们的晚餐。

而我们几个人在风中喝茶。

光线更暗一些，

寺里有苍凉声音传来。

河水仰卧着，

带着大地和星空的全部重量。

而我们还在风中坚持着。

2008年

给阳飏兄

会议结束，下楼，一起走。
你说：走着回去吧。
我说：好。
老兄弟了，三十多年了，
话早已说尽。

阳兄家的路口到了，
他说：到下一个路口吧——
从那儿我再拐回去。
我知道，从那边回去，他要多走一截路。
其实，真的已经没什么说的，
一路上，也不过再说几句
淡到不能再淡的话。
自然，也有些臧否人物的话，
只是我俩私下谈谈。

再过十几年、二十年，
我们就真正老了，走不动了。

很少见面，也难得打个电话。

只是年轻一辈的偶尔拜访，

听谁传过话来，说起

谁谁怎么样了，

谁谁去了哪儿，

谁谁，再也没回来。

2014年

她 们

她们腻在一起，

气氛迷人：

她们相互痴迷，袒露，

交换一切温情，悲哀，

欣赏、赞美

相互在一起的气息

和湮没一切的无名伤感的

突然的哽噎，

以及哭泣之后的

稍稍有点"无耻"①的甜美笑靥。

她们相濡以沫，

频频交换脸颊、胸怀，略显暧昧的眼神，

叫一边的几个男人觉得

女孩们的生活是如此美好，

如此美好，也美好得令人绝望。

2006年

情　书

不相见，

也就永不见了。

那么远，

我们抱不住大地。

永不相见，

才会一直那么好。

那么远，

我们抱不住天堂。

我们约好，要永不相见。

也不要来世。

不要来世，

也不要来世的爱，

我的爱人，好吗？

2008年

镜　子

那些映过湖面

经过玻璃

照过镜子的人，

心里想了些什么？

——寒风里，他们掖紧了衣襟。

而只有神的镜子，

人是不敢照的。

神知道，满身尘土的人：

"就从镜子一边过去吧！"

不敢照神的镜子，

神已经满足。

可也许，神的镜子，

就连神自己也不敢照。

——寒风里，神也不由地

掖了一下自己的衣襟。

2014年

晚　安

夕照很美，之后是月亮很美。

透过帘子，月色细细落下来，

如纤细温暖的笔迹：晚安……

只是如同笔迹，

不用别的方式，也不在纸上，

只是低低一声：晚安。

低低的，别给人听见，

听见了，不好，

听见了，就不是两个人的私密的晚安。

月圆时候，也会仰望着月亮，

望一会儿，再望一会儿，默念着：晚安。

可是真的别听见，谁也别听见了那一声。

默念着，默念着，忽然为自己感动，

为自己已经那么老了，

还会那么念着、爱着，热着。

那么老了，

心里还能那么暖着，多好；

头发都灰白了，

还能热热地爱着，多好。

晚安，晚安……

2012年

后 记

十年没出诗集了。

集子编罢，自家审视，有点惶然。不是客气，三分之一，也许可以再稍多一些，还有点底气。拿出来给人看，尤其跟懂诗的人太极推手，一不留神，会现了原形的。朱新建说得好，叫打回原形。好在，自家的原形有时候还不是很差。

十年过去，心境起起伏伏，直接或悄然写下来，是诗艺的摸索，更是心境的纪念。对自己的意义，也许是大于对别人的。

幸好诗集只要五个印张，再多，也许是没有更多可以印到这些白纸上的。

好在，我还在写；也似乎正在进步，还能进步。也还有人喜欢我这点分行的文字。

谢谢打开了这本诗集的人。

谢谢《星星》诸位老友。

时光真快。

作者于广州天河北苑

图书在版编目（CIP）数据

晚安 / 人邻著. — 2版. — 成都：四川文艺出版
社，2019.4

ISBN 978-7-5411-5295-5

Ⅰ.①晚… Ⅱ.①人… Ⅲ.①诗集－中国－当代
Ⅳ.①I227

中国版本图书馆CIP数据核字（2019）第039463号

WANAN

晚 安

人邻 著

责任编辑　彭　炜　奉学勤
封面设计　鸿儒文轩·书心瞬意
内文设计　史小燕
责任校对　王　冉

出版发行　四川文艺出版社（成都市槐树街2号）
网　　址　www.scwys.com
电　　话　028-86259285（发行部）　028-86259303（编辑部）
传　　真　028-86259306

邮购地址　成都市槐树街2号四川文艺出版社邮购部　610031
印　　刷　三河市华东印刷有限公司
成品尺寸　142mm×210mm　　　开　本　32开
印　　张　6　　　　　　　　　　字　数　120千
版　　次　2019年4月第二版　　　印　次　2021年4月第三次印刷
书　　号　ISBN 978-7-5411-5295-5
定　　价　45.00元